Analyse d'œuvre

Rédigé par Sophie Voortman

Sous la direction de Karine Vallet

Le Meilleur des mondes

d'Aldous Huxley

ALDOUS HUXLEY

- Né en 1894 à Laleham (Angleterre)
- Mort en 1963 à Los Angeles (États-Unis)
- **Quelques-unes de ses œuvres :**
  - *Temps futurs* (roman, 1948)
  - *Les Portes de la perception* (essai, 1954)
  - *Île* (roman, 1962)

Entouré d'une famille de scientifiques et de pédagogues, Aldous Huxley grandit dans un environnement qui marquera ses thématiques littéraires telles que l'eugénisme. Il fait des études secondaires à Eton (Angleterre), mais une partielle cécité l'empêche de continuer son cursus en médecine et biologie. Ce n'est qu'après un long traitement et un relatif rétablissement qu'il entre à Oxford (Angleterre) et y suit un cursus en littérature anglaise.

En ce début de XXe siècle, Huxley révèle avec ses premiers écrits – des poèmes, des nouvelles, des romans et des essais – un esprit tourmenté quant à l'évolution de la société occidentale moderne.

Les premiers ouvrages peignent avec lucidité les milieux intellectuels de l'après-guerre, désinvoltes et individualistes. Viennent ensuite des écrits à thèses scientifiques et philosophiques. *Le Meilleur des mondes* est l'un d'eux, un roman d'anticipation qui conte la réalité d'une société futuriste liberticide. Dans *Temps futurs*, Aldous Huxley pose une autre thématique d'actualité, essentielle pour comprendre l'avenir que l'humanité est en train de se forger : l'usage du nucléaire.

À Los Angeles, Aldous Huxley cherche une issue à ce marasme mondial du côté de l'humanisme. Afin d'explorer les différentes modalités de la conscience, il expérimente les hallucinogènes. *Les Portes de la perception*, *Le Ciel et l'Enfer* (1956) ainsi qu'*Île* sont les écrits majeurs de cette période.

LE MEILLEUR DES MONDES

- **Genre :** roman de science-fiction
- **1ʳᵉ édition :** 1932
- **Édition de référence :** *Le Meilleur des mondes*, Paris, Pocket, 2013.
- **Personnages principaux :**
  - Bernard Marx, protagoniste de la première partie du livre et figure subversive de la société fordienne ;
  - John le Sauvage, protagoniste de la deuxième partie du livre et figure opposée à la société fordienne ;
  - Helmholtz Watson, l'unique ami de Bernard, sensible à la poésie ;
  - Lenina Crowne, femme idéale et convoitée de la société civilisée ;
  - Linda, mère de John et figure conditionnée par la civilisation fordienne ;
  - Mustapha Menier, un des administrateurs mondiaux garant de la stabilité sociale.
- **Thématiques principales :** les sociétés uto-

piques, la santé physique et morale, le bonheur comme souverain bien, la liberté de l'individu.

Au début des années 1930, Aldous Huxley écrit *Le Meilleur des mondes* dans un contexte d'après-guerre. De nouveaux régimes d'expression totalitaire, encore à leurs balbutiements, usent alors de la psychologie de masse et de la propagande pour mieux se construire sur les cendres d'un monde déchu. S'ajoute, à la même époque, la deuxième révolution industrielle avec la démocratisation des biens, du pouvoir d'achat et le développement d'une science techniciste.

Dans un tel contexte, l'œuvre aux allures prophétiques de Huxley, avec la course à la perfectibilité de l'espèce humaine, est un succès. Elle influence des écrivains, devient un appui à la réflexion de penseurs tels que Bernard Besret (religieux et penseur français dans le domaine des sciences et techniques, né en 1935), qui y voient un roman à thèse. L'ouvrage est publié la même année en France, traduit par Jules Castier.

En arrière-plan des thématiques du bonheur comme souverain bien et de l'usage débridé d'une technologie déshumanisée, l'auteur pose la question de ce que nous désirons comme société future. Si l'utopie est désormais du domaine du possible, devons-nous souhaiter sa mise en œuvre ? *Le Meilleur des mondes* reste aujourd'hui un écrit d'actualité, avec l'eugénisme privé et le marketing du bonheur.

LA VIE D'ALDOUS HUXLEY

| *Portrait d'Aldous Huxley* (1927), de John Collier (écrivain et peintre britannique, 1850-1934).

UNE FAMILLE D'INTELLECTUELS

Aldous Huxley naît le 26 juillet 1894 dans le Surrey, en Angleterre. Sa famille lui offre un riche environnement intellectuel dans lequel prédominent des questions scientifiques, philosophiques et éducationnelles.

Sa mère, Julia Huxley, appartient à la première génération de femmes diplômées d'Oxford et fonde, en 1902, Prior's Field, une école misant sur l'épanouissement et l'indépendance des enfants. Son père, Leonard Huxley, est écrivain, et son grand-père, Thomas Henry Huxley, un biologiste reconnu.

Fort de cet héritage, le jeune Huxley n'a de cesse de s'interroger sur la science et sera rapidement soucieux d'écrire tandis que deux de ses frères deviendront d'importants scientifiques, notamment Julian, l'aîné, qui se fera connaître pour ses théories sur l'évolution et, plus tard, dirigera l'UNESCO.

Alors qu'il suit des études secondaires à Eton (célèbre collège fondé par Henry VI en Grande-Bretagne en 1440-1441), un établissement austère, mais dont Huxley reconnaîtra la qualité, il entre dans une période fort sombre, marquée par trois événements majeurs.

Tout d'abord, sa mère meurt alors qu'il n'a que 14 ans. Ensuite, au début de son cursus universitaire en biologie et en médecine, en 1910, il est atteint de kératite, une infection de la cornée. Il ne peut alors continuer ses études. Ce n'est que trois ans plus tard, grâce à une bonne maîtrise de la dactylographie et du braille, qu'Aldous intègre le collège de Balliol à Oxford où il suit des cours de littérature et de philologie. C'est dans ce contexte qu'il écrit ses premiers poèmes et s'intéresse à la musique. Mais cette période est à nouveau émaillée d'une tragédie : en 1914, son frère Trevenen, qui l'aidait dans ses études, se suicide.

UN ESPRIT SATIRIQUE

En 1916, diplôme en main, Aldous doit trouver au plus vite un travail pour subvenir à ses besoins. Il commence par enseigner dans le secondaire à Repton (Angleterre) puis à Eton. Il fréquente les milieux intellectuels et artistiques dont le groupe de Bloomsbury au Garsington Manor composé, entre autres, de D. H. Lawrence (écrivain, 1885-1930) avec qui il se liera d'amitié, Katherine Mansfield (écrivaine, 1888-1923) et Bertrand Russel (philosophe et mathématicien, 1872-1970).

Y règne une ambiance subversive, « le refus de la morale sociale victorienne et des tabous religieux et sexuels du XIXe siècle [...] sans autre loi que celle qui leur était dictée par leur sens tout personnel du Beau » (TODOROVITCH (Françoise), *Aldous Huxley. Le Cours invisible d'une œuvre*, p. 102), et la libre expression. Il y trouve la matière de son premier roman, *Jaune de chrome* (1921), une peinture cynique de la société cultivée. En ce lieu encore, il rencontre Maria Nys (1898-1955), qui deviendra sa première femme.

En 1920, il rejoint en tant que journaliste l'équipe rédactionnelle de la revue littéraire *Athenaeum* et exerce diverses petites activités pour vivre. Rapidement, fatigué de cette situation qui ne lui permet de gagner qu'une misère et de manquer de temps pour écrire, il décide de partir avec son épouse et son fils, Matthew (1920-2005), en Italie, où il se consacre pleinement à sa vocation. Le roman *Contrepoint* (1928), qui parle de l'*intel-*

ligentsia londonienne, clôt une première phase dans son travail littéraire, à savoir les écrits portant sur les mœurs dévoyées et l'individualisme des milieux artistiques et intellectuels.

La famille s'installe ensuite à Bandol, dans le sud-est de la France. Commence alors une nouvelle période pour Aldous Huxley, celle des romans et des essais ayant essentiellement pour thématique une société soumise à une science déshumanisée. S'inscrit dans cette veine son écrit le plus connu, *Le Meilleur des mondes*, roman d'anticipation et contre-utopie expressive de nos lendemains cauchemardesques.

UN ESPRIT TOURNÉ VERS L'HUMANISME

En 1937, il s'installe avec sa famille à Los Angeles. Il donne de nombreuses conférences dans tout le pays et, pour des raisons financières, écrit des scénarios pour Hollywood tels que celui du film *Jane Eyre* (1944) avec Orson Welles (acteur et cinéaste américain, 1915-1985) ou celui du film *Madame Curie* (1943), qui ne sera finalement pas exploité, car trop littéraire. Alors que sa vue baisse à nouveau, il s'intéresse à la méthode Bates, fondée sur la détente des yeux et du mental, qui lui permet de recouvrer totalement la vue et au sujet de laquelle il rédige un essai, *L'Art de voir* (1942).

C'est dans ce contexte californien qu'il propose une alternative au totalitarisme par le développement de l'homme, à l'aide de spiritualités dont s'est imprégné Aldous lors de ses voyages, entre autres en Inde, dans les années 1920. L'un de ses premiers écrits sur ce sujet est *La Fin et les Moyens* (1937). L'auteur s'intéresse au haut mysticisme ainsi qu'aux expériences hallucinatoires, et s'initie à des philosophies orientales telles que le *vedanta*.

La Philosophie éternelle (1945) reprend certaines doctrines des grands courants mystiques, tandis que *Les Portes de la perception* relate son expérimentation de la mescaline (drogue hallucinogène), sous la supervision d'un psychiatre, dans le but de toucher au divin. Ses écrits sur les expériences psychédéliques et mystiques deviendront d'ailleurs une référence dans les années 1960 pour les hippies.

L'année suivante, en 1955, son épouse meurt d'un cancer du foie. Il se remarie un an plus tard avec Laura Archera (1911-2007), une violoniste virtuose et psychothérapeute. Alors que Huxley demeure toujours attentif à l'évolution de la société occidentale et de l'homme, il écrit *Retour au meilleur des mondes* (1958), confirmant la prémonition qu'il avait eue avec son roman de 1932 : le totalitarisme, la bureaucratie, les méthodes d'annihilation de la liberté ont progressé. Il continue à voyager et, lors de conférences et d'interviews, essentiellement aux États-Unis où il a un véritable magistère intellectuel, à divulguer sa pensée tant sur les dangers de cette société techniciste que sur le potentiel humain.

Souffrant d'un cancer de la gorge, l'auteur achève son dernier roman testament, *Île*. Cet ouvrage se veut une alternative au *Meilleur des mondes*, celle d'une troisième possibilité pour le Sauvage : vivre dans une réserve où la science, la technologie et la religion sont au service d'une existence saine de l'homme. Le 22 novembre 1963, le jour de la mort de John F. Kennedy (homme politique américain, 1917-1963), son épouse lui administre, suite à sa demande par écrit, deux injections de L.S.D.

RÉSUMÉ DU *MEILLEUR DES MONDES*

L'ÈRE DE FORD

En l'an 632 de Notre Ford (N.F.), « année de stabilité » (p. 27), alors que de nouveaux étudiants viennent d'arriver au Centre d'incubation et de conditionnement de Londres-Central, le directeur s'applique à leur faire découvrir les différents services qui le composent. Au cours d'un long exposé qui leur fait parcourir diverses salles, il relate, non sans une grande fierté, l'histoire de l'État mondial ainsi que les fondements et les rouages sur lesquels repose la société parfaite dans laquelle ils vivent.

Lors de la Guerre chimique de Neuf ans en 141 de N.F., le libéralisme et une bonne part des êtres humains ont péri sous l'anthrax. Au VIIe siècle de N.F., il n'est plus question d'user de la violence, mais de méthodes indolores : l'ectogenèse (technique de développement de l'embryon hors du corps de la mère) et le conditionnement.

Une large propagande a été mise en place pour que les êtres pensent vertueuses la consommation sexuelle, la satisfaction immédiate des besoins et désirs, et la dépréciation du passé. On a fermé les musées, détruit des monuments historiques, on a supprimé les vieux livres, on a aboli le christianisme, « l'éthique et la philosophie de la sous-consommation » (p. 82).

Une nouvelle ère a dès lors commencé avec l'introduction du premier modèle en T du Ford dont la devise est « Communauté, Identité, Stabilité » (p. 25) et où « chacun appartient à tous les autres » (p. 66). Grâce à des spécialistes en pharmacologie et en biochimie entretenus par l'État, on a rapidement commercialisé le médicament parfait, le soma, « la fleur du présent » (p. 141), de même qu'on a aboli les stigmates physiologiques et les particularités mentales de la vieillesse.

L'HOMME EN FLACON

Tandis que la visite se poursuit et que le groupe quitte la Salle de Fécondation pour se rendre dans la Salle de Mise en Flacons, Henry Foster se joint au directeur pour expliquer le procédé de remplissage des flacons et du conditionnement des castes. Dans cette civilisation qui se veut idéale, les êtres sont en effet socialement déterminés par les conditions de leur fabrication biologique. La procédure est simple : plus la classe est basse, plus on diminue l'apport d'oxygène de l'embryon. Il en résulte des êtres moins intelligents et atrophiés (les Deltas et les Epsilons) voués à s'occuper des tâches les plus viles, tandis que les mieux dotés (Alpha et Bêta) sont à la fois beaux et intelligents, et que les Gammas constituent une classe moyenne.

Au détour d'une salle, le groupe croise Lenina Crowne, une Bêta fort « pneumatique » (p. 71), c'est-à-dire très belle et suscitant le désir chez les hommes, et petite amie actuelle de Henry Foster. Le directeur ne manque pas de complimenter le jeune homme sur cette dernière conquête, puis il conduit les étudiants dans les pouponnières où les enfants profitent de leçons néo-pavloviennes. Durant le sommeil, ils écoutent inconsciemment des leçons hypnopédiques sur l'hygiène, la sociabilité, le sentiment des classes sociales et la vie amoureuse. Avec le conditionnement dès la plus tendre enfance, tout un chacun accepte son statut, en jouit même.

Alors que les pendules annoncent la pause pour tout le centre, le directeur, Henry Foster ainsi que sa Forderie, Mustapha Menier, l'un des administrateurs mondiaux qui les a rejoints à la fin de la visite, se rendent au vestiaire. Bien malgré eux, ils se retrouvent en compagnie de Bernard Marx, un employé du Bureau de Psychologie, auquel ils manifestent un mépris évident. La raison ? Bien qu'il soit un Alpha-Plus, Bernard Marx a fait les frais d'une erreur de conditionnement embryonnaire : s'il est doté d'une intelligence hors pair, il affiche un physique pour le moins disgracieux. Pourtant, le jeune homme convoite la belle Lenina, qu'il a invitée à se rendre dans une Réserve à Sauvages.

LA CONTRE-CIVILISATION

Bernard Marx, qui a pour unique ami Helmholtz Watson avec qui il peut parler de son sentiment d'individualité, attend avec anxiété et sans trop y croire la réponse de la jeune femme. Pourtant, Lenina Crowne, pour qui les fins de journée sont exemplairement orthodoxes, ponctuées de sorties en hélicoptère avec des compagnons de courte durée, accepte de visiter avec lui la réserve du Nouveau-Mexique, une réserve d'Indiens et de métis non civilisés. Quelle n'est pas leur surprise de découvrir à Malpais un monde n'ayant rien de commun avec le leur ! Les femmes et hommes se reproduisent, sont attachés à leurs réalités syncrétiques et superstitieuses, vivent au rythme de leurs croyances et rituels. Dans ce monde franc et âpre, la maladie côtoie la naissance, la vieillesse, la souffrance.

Un homme à la peau blanche et nommé John les reçoit : il n'est autre que l'enfant du directeur du Centre d'incubation et de conditionnement. Une vingtaine d'années auparavant, une femme appelée Linda l'avait accompagné dans la réserve. S'étant perdue durant la visite et étant tombée enceinte, elle avait décidé de cacher l'objet de sa honte en demeurant parmi les Sauvages. Aujourd'hui, elle est une femme ravagée par le mescal, l'alcool local, la vieillesse, mais surtout l'absence de la civilisation qui lui manque cruellement. Marx y voit une occasion de faire pression sur le directeur afin d'enrayer sa décision de le transférer en Islande pour sa conduite indigne d'« un bébé en flacon » (p. 190).

LE MEILLEUR DES MONDES

Bernard introduit Linda et John dans la civilisation. Le Tout-Londres des castes supérieures, vivant de distractions, désire rencontrer le Sauvage aux attitudes si étranges. En tant que gardien accrédité, Bernard Marx jouit d'un succès qui lui monte rapidement à la tête. Il abandonne son unique ami, profite pour la première fois de nombreuses femmes.

Quant à John, il ne trouve pas dans cette société ce que sa mère lui a conté durant toute son enfance avec tant d'admiration. Il voit le meilleur des mondes comme un univers n'ayant aucune foi en la vérité, ne découvre qu'un monde infantile et factice. Sa déception est profonde, plus encore lorsqu'il verra sa mère dépérir sous l'effet d'un surplus de prises de soma. Il désire retrouver sa solitude, ce qui sonne malheureusement le glas du succès de Bernard.

LE CHOC DES CIVILISATIONS

Épris de Lenina, John garde l'espoir d'un amour avec elle, mais celui-ci semble voué à l'échec. La jeune femme ressent pour la première fois de l'attachement, mais ne parvient pas à comprendre le comportement de cet homme, car ils portent l'un et l'autre des valeurs diamétralement opposées. Jamais la rencontre de leur amour et de leur société ne se fera. John, qui rêve de la conquérir en accomplissant un geste héroïque, est indigné par le comportement de Lenina lorsque celle-ci s'offre à lui sans la moindre pudeur. Il entre dans une fureur telle que la jeune femme se réfugie en catastrophe dans la salle de bain où elle s'enferme.

Au même moment, comme un second coup du sort, John reçoit un coup de téléphone qui lui apprend l'état inquiétant de sa mère qui vient d'être admise à l'Hôpital pour mourants, un lieu dont l'atmosphère agréable est entretenue afin que les moribonds partent sous l'effet du soma, de senteurs et d'images bienheureuses. Elle meurt peu de temps après. Profondément affecté, il ne reste plus à John que la rébellion.

À la sortie de l'établissement, il incite un groupe de travailleurs Deltas à refuser le soma, récompense pour leur journée de labeur, afin de gagner leur liberté. Malheureusement, conditionnés et accoutumés à la substance, ils ne comprennent pas la portée de ses paroles. Bernard Marx et Helmholtz viennent à la rescousse de leur ami pour l'empêcher de commettre l'irréparable, mais face à la rage du groupe de jumeaux accoutumés à leur dose, les policiers interviennent : ils enclenchent la Boîte à musique synthétique contre les émeutes et en laissent s'échapper une vapeur de soma.

John, Bernard et Helmholtz sont emmenés pour être jugés parce qu'ils ne s'intègrent pas au système. Les coupables sont reçus dans le bureau de l'administrateur mondial de l'Europe occidentale, Mustapha Menier. Devant cet homme féru d'art et de philosophie, mais ayant fait le choix d'y renoncer pour une civilisation ayant pour souverain bien le bonheur, John essaie de comprendre ce monde et de faire valoir ses arguments.

Bernard et Helmholtz, trop subversifs, sont invités à se retirer dans les îles, où ils pourront vivre avec des gens qui leur ressemblent et plus en accord avec leur vision du monde. John désire la réclusion et la purification en se flagellant de son péché, la civilisation ; mais Menier souhaite continuer l'expérience de son intégration. Il doit donc rester, et le cauchemar continue à le poursuivre. Il s'isole dans un phare, mais une horde de journalistes et de curieux vient l'observer comme une attraction de foire. Seul le suicide sera sa rédemption.

L'ŒUVRE EN CONTEXTE

Le Meilleur des mondes s'inscrit dans une époque de crise et de transition, marquée par la montée du totalitarisme avec le régime soviétique, la deuxième révolution industrielle et le développement des biotechnologies. Bien des intellectuels observent un marasme moral et économique d'après-guerre, également conséquence de la crise boursière, donnant une libre manœuvre à des politiques liberticides : d'un côté, l'ascension du communisme, du fascisme et du nazisme ; de l'autre, celle du consumérisme sous la bannière de la démocratie. Dans un cas comme dans l'autre, selon la psychologie de masse, l'enjeu n'est plus d'assiéger, mais de « siéger » (p. 77) par la suggestion. Le XXe siècle devient celui de la propagande.

L'ESSOR DU TOTALITARISME

Avec la Grande Guerre (1914-1918) s'effondrent un monde et ses valeurs. Quelques années plus tard, le krach de 1929 fragilise plus encore l'Europe, qui perd sa suprématie et un précieux climat de confiance en l'avenir. Cette déconfiture offre un contexte idéal pour la montée du totalitarisme.

En 1917, lors de la révolution d'Octobre (1917), les bolcheviks prennent le pouvoir et créent le premier État communiste, la Russie soviétique. Du côté italien, le fascisme s'impose dans les années 1920, tandis que du côté allemand, le nazisme s'installe doucement dans les années 1930. Le monde voit alors poindre de puissants régimes totalitaires et populaires, qui usent du parti unique, de l'aura d'un « guide » et de la propagande.

L'EUGÉNISME ET LES SCIENCES DE LA VIE

Au XIXᵉ siècle et lors de la première moitié du XXᵉ siècle, l'eugénisme, en sa propension progressiste, est en vogue dans les milieux scientifiques et intellectuels. Quelques décennies plus tôt, Francis Galton (1822-1911), l'un des pères fondateurs de l'idéologie scientiste, désigne tous les maux humains, de la criminalité à la maladie, causes de la dégénérescence.

Charles Darwin (naturaliste britannique, 1809-1882) précise que cette malheureuse réalité est due à l'absence de sélection naturelle. Pris dans un esprit progressiste et scientiste, l'eugénisme permettrait de pallier ce problème. Au début du XXe siècle, des associations voient le jour. Les États-Unis sont les premiers à adopter des lois sur la stérilisation de malades, de handicapés et de délinquants. À la fin des années 1920, d'autres pays, tels que la Suisse, l'Allemagne et la Norvège, se dotent de législations comparables.

En parallèle de cette pensée eugéniste ambiante, les biotechnologies font leur apparition. Dès la fin du XXe siècle, la biologie n'est plus une discipline purement descriptive du vivant, mais explicative, et soutient la médecine. La génétique est sa grande révolution et, dans les années 1930, commencent déjà les recherches sur le clonage chez les vertébrés.

Du côté des sciences humaines, la psychologie, qui se veut désormais expérimentale et objective, s'intéresse au conditionnement. Ivan Petrovitch Pavlov (1849-1936), un physiologiste psychologue russe connu pour son travail sur les réflexes conditionnels, est le premier à l'étudier. Par la suite, John B. Watson (psychologue américain, 1878-1958), inventeur du béhaviorisme dans les années 1920, s'appuie sur les travaux de Pavlov pour montrer comment l'environnement peut induire des comportements chez les hommes. Nous sommes à deux pas de la rencontre de la science et de l'idéologie.

LE RENOUVEAU DÉMOCRATIQUE ET CONSUMÉRISTE

Au début du XXe siècle, le capitalisme entre dans une deuxième révolution industrielle. Pour l'essentiel, il épouse des idéologies promptes à augmenter la productivité. Lors d'un voyage aux États-Unis dans les années 1920, Aldous Huxley lit l'autobiographie de Henry Ford (1863-1947), le fondateur américain de l'industrie automobile du même nom et inventeur du « fordisme », un modèle d'organisation fondé sur la division du travail (le taylorisme), le travail à la chaîne, la production de masse et l'indexation des salaires.

L'équation est simple : la production et la consommation à grande échelle permettraient une plus grande rentabilité. Toute personne de la société, même l'ouvrier, peut pour la première fois accéder aux biens de consommation. On assiste alors à la démocratisation des biens et l'élaboration de stratégies de consommation. Alors qu'à la fin du XIXe siècle et au début du XXe siècle, les produits promus et vendus répondent essentiellement à la première nécessité, sauf dans les classes les plus aisées, le désir se substitue désormais au besoin.

Le capitalisme se transforme en un capitalisme de masse, ou pulsionnel, avec des usages de pouvoir non plus externes au peuple, mais internes. À une époque où l'on lit Sigmund Freud (fondateur autrichien de la psychanalyse, 1856-1939), Walter Lippmann (journaliste américain, 1889-1974) et Gustave Le Bon (psychologue et sociologue français, 1841-1931), l'homme est perçu comme un être soumis à des pulsions, qu'il est possible de contrôler ou d'utiliser à des fins comportementales et consuméristes. Le populisme a désormais une double vocation : politique et industrielle.

Edward Bernays (1891-1995), neveu de Sigmund Freud et auteur austro-américain de *Propaganda* (1928), est une figure importante de cette période.

Il est commandité par sa nation, les États-Unis, pour promouvoir la démocratie en Europe. En cela, tout individu est invité à associer la notion de libre entreprise à celle de démocratie. Cette forme de contrôle social permet de former, selon le modèle américain, un peuple joyeux et docile, à l'aide, entre autres, de la publicité qui a pour but de vendre un palliatif au manque affectif ou narcissique du consommateur. En cela, tant le produit manufacturé que le loisir et sa publicité deviennent une béquille identitaire, un moyen d'accéder à la plénitude.

UNE IMPASSE MORALE

À cette époque d'entre-deux-guerres, existent essentiellement deux formes de gouvernance : celle se faisant par l'autorité et par la force ; et une autre, tout aussi dangereuse et certainement plus pernicieuse, fondée sur la satisfaction immédiate des pulsions.

C'est dans ce contexte de totalitarisme et de consumérisme encore à ses balbutiements qu'Aldous Huxley écrit *Le Meilleur des mondes*. Il rejoint l'analyse de Karl Polanyi (économiste britannique d'origine hongroise, 1886-1964) qui, à la différence de Karl Marx (théoricien du communisme allemand, 1818-1883) basant le capitalisme sur l'effondrement de l'économie, voit la crise capitale comme une source de désintégration des communautés, l'appauvrissement des solidarités et la destruction de la nature : « Une telle institution ne pouvait exister de façon suivie sans anéantir la substance humaine et naturelle de la société, sans détruire l'homme et sans transformer son milieu en désert. » (POLANYI (Karl), *La Grande Transformation*, p. 38)

ANALYSE DES PERSONNAGES

LES FIGURES SUBVERSIVES

Bernard Marx

Il est le protagoniste de la première partie du livre et celui qui introduit la plupart des autres personnages. Suite à une erreur de manipulation lorsqu'il était à l'état d'embryon dans un flacon, il n'a pas hérité du physique harmonieux des Alpha-Plus et souffre d'une insuffisance osseuse et musculaire. Rejeté et moqué par ses semblables, il oscille entre le désir de ressembler à ceux de sa caste et celui d'« être davantage [lui] » (p. 125).

Amer et profondément conscient des imperfections morales de la société dans laquelle il vit, il ne cesse d'en relever les travers, dont le caractère superficiel des activités de loisir auxquelles s'adonnent les individus. En cela, il est l'interprète de ce monde et incarne la faille de ce système : même dans un environnement soumis à un contrôle liberticide, l'erreur existe et la singularité de l'être fragilise le long travail de conditionnement.

Son sentiment de solitude s'accentue lors de ses échanges avec Lenina Crowne, une femme conforme dont rien ne semble pouvoir ébranler le conditionnement. En l'invitant à visiter la Réserve de Sauvages, Bernard Marx espère un véritable échange tant intellectuel qu'amoureux. Mais le rendez-vous avec cette femme « pneumatique » (p. 71) ne se concrétisera jamais.

Même échec avec les castes supérieures qui, mues par la curiosité, lui accordent une fragile considération lorsqu'il organise une rencontre publique avec le Sauvage. Gloire éphémère qui prend subitement fin quand John refuse de participer à cette mascarade.

Bernard Marx est finalement un personnage ambivalent qui, malgré sa tendance à la critique, aspire à devenir l'un des membres respectés et admirés de sa société et de sa caste. Au lieu de le réjouir, son transfert en Islande, parmi des gens souffrant aussi d'un « excès mental » (p. 100), est vécu comme l'humiliation ultime et une punition intolérable.

Helmholtz Watson

Personnage de la caste supérieure et ami de Bernard Marx, Helmholtz Watson ne s'épanouit pas dans cette société où toute expression de soi est endiguée. Maître de conférences au Collège des ingénieurs en émotion (section des Écrits), il est pourtant ce « champion de Paume-Escalator, cet amant infatigable [...], cet admirable homme de comités, ce compagnon apprécié dans tous les milieux » (p. 100-101). Mieux encore, Helmholtz est un Alpha-Plus a priori pleinement intégré : « Il [écrit] régulièrement dans le *Radio Horaire*, [compose] des scénarios de films sentants, et [a] le don le plus heureux pour trouver les formules et les versets hypnopédiques. » (p. 100)

Néanmoins, il est en décalage par rapport à ceux de sa caste, ce qui le conduit à une forme de solitude. À l'inverse de Bernard Marx rejeté pour son physique, c'est l'esprit de Helmholtz qui n'est pas conforme et l'isole ainsi que la conscience de son individualité, c'est-à-dire « la connaissance d'être des individus » (p. 100-101).

Ainsi, Helmholtz aime la littérature, au point que Bernard observe un sentiment de bonheur chez son ami lorsqu'il lui récite des vers libres, ne portant pas sur l'intérêt de propagande ou de publicité. Il sait qu'existe en lui une part inexplorée (« Je commence à être capable de faire usage de ce pouvoir dont je sens l'existence en moi, ce pouvoir supplémentaire, latent », p. 227) et recherche l'acte créateur, l'expression libre et authentique.

À la fin du récit, c'est avec sérénité qu'il entend la sentence de Mustapha Menier qui décide de l'exiler sur une île : il y voit l'occasion de se réaliser et de se mettre à l'écriture.

John le Sauvage

Il est le protagoniste de la seconde partie du livre, un personnage essentiel venant après la description du meilleur des mondes. Fils de Linda et du directeur du Centre d'incubation et de conditionnement, il a grandi dans une Réserve de Sauvages, bercé par les histoires de la civilisation, les rêveries de ce monde inconnu, les lectures de William Shakespeare (dramaturge anglais, 1564-1616) et les rituels indiens.

Oscillant entre ces deux univers, il rêve de découvrir la civilisation si bien contée par sa mère et de sortir de la solitude causée par son étrangeté au sein de la Réserve. Quand Bernard lui propose de les accompagner à Londres, il cite Shakespeare : « "Ô nouveau monde admirable ! répéta-t-il, ô nouveau monde admirable, qui contient des gens pareils !" Partons tout de suite. » (p. 180)

Quand il arrive dans le monde civilisé, la déception succède rapidement à l'étonnement. Il n'y trouve ni beauté ni désir de vérité et découvre une société formatée où il est impossible de cultiver son identité et de nourrir son être intérieur : « À Malpais, il avait souffert parce qu'on l'avait exclu des activités communes du pueblo ; dans le Londres civilisé, il souffrait parce qu'il ne pouvait jamais s'évader de ces activités communes, parce qu'il ne pouvait jamais être tranquille et seul. » (p. 290)

La femme qu'il aime, Lenina, confirme son jugement : elle ne peut offrir que des rapports sans âme et consuméristes, non l'humanité et l'authenticité. Réalisant combien embrasser cette utopie coûte cher, la perte de sa liberté individuelle, il préfère se sentir « malheureux que de connaître cette espèce de bonheur faux et menteur » (p. 224). Il décide alors de s'éloigner de la civilisation en s'isolant dans un phare oublié. Plus tard encore, ne voyant pas d'échappatoire à ce monde, il se suicide.

L'analogie avec le mythe du Bon Sauvage, développé à la Renaissance par Montaigne (écrivain français, 1533-1592), Diderot (écrivain français, 1713-1784) ou Voltaire (écrivain français, 1694-1778) par exemple, semble évidente.

John est le personnage qui contraste avec tous les autres, il est tout ce que n'est pas la civilisation fordienne : un être attaché à la vérité, aux superstitions et à la nature. Il est passionné, préfère les actes nobles et héroïques plutôt que nécessaires, se nourrit de l'œuvre de Shakespeare pour saisir la complexité du monde humain, refuse le principe de la consommation pure, préfère ressentir la douleur que prendre une drogue qui annihile tout ressenti. Son entrée dans l'intrigue nous fait réfléchir sur cette société promettant perfection et bonheur pour tous au détriment de la liberté individuelle.

Lenina Crowne

Biologiste au Centre d'incubation et de conditionnement, Lenina est une Bêta « saine et vertueuse » (p. 97), représentant la femme idéale au sein de ce monde, une femme qui a l'utilité de répondre à une certaine tâche, mais aussi aux bons plaisirs de ses amants : « C'est ainsi qu'elle se considère elle-même. Cela lui est égal, d'être de la viande » (p. 128), déclare Bernard Marx avec amertume.

Mais Lenina est aussi un personnage qui cherche à franchir les limites sans jamais y parvenir. Elle entretient ainsi une liaison un peu trop longue et exclusive avec Henry Foster, au lieu de papillonner conformément à ce que dicte la société. Elle est également attirée par Bernard Marx, cet Alpha-Plus raté, puis par John le Sauvage. Face au premier qui l'intrigue, elle incarne toutefois la personne parfaitement conditionnée, désirant « être une partie du corps social » (p. 125), ayant pour définition de la liberté la possibilité de « se payer du bon temps » (p. 126).

Malgré son attirance pour John, cet homme qui représente tout ce qu'elle ne trouve pas dans la civilisation – la nature, la spiritualité, la liberté d'être soi et la passion –, elle ne peut que se résoudre à être conforme au modèle fordien et passe à côté de l'amour.

Linda

Elle vient de l'État mondial. S'étant perdue lors d'une visite de la Réserve à Sauvages du Nouveau-Mexique, elle se résout à y vivre alors qu'elle a négligé de faire ses exercices malthusiens pour éviter toute grossesse. Être mère étant la réalité la plus honteuse qui soit dans le meilleur des mondes, elle élève seule son fils, John.

Conditionnée dès sa naissance à vivre comme une Bêta dans le monde civilisé, elle n'est pas préparée à vivre dans un autre environnement, qui plus est, proche de la nature et moins confortable. Inadaptée, elle perpétue ce qu'elle connaît, la consommation érotique. Peu morale aux yeux des Indiens, elle vit recluse et se saoule au mescal. Elle est une femme abîmée qui, à son retour dans le monde civilisé, retrouve avec bonheur le soma qui lui a tant manqué : « Son visage pâle et bouffi avait une expression de bonheur imbécile » (p. 249). Rapidement intoxiquée, elle meurt et signe l'horreur et l'imbécillité de ce monde.

Mustapha Menier

En tant qu'administrateur résident de l'Europe occidentale, parmi les dix administrateurs mondiaux, il est l'un des garants de la stabilité sociale, l'une des voix du meilleur des mondes. Servant le totalitarisme, il a l'aura du guide dont la voix est « presque à la hauteur des modèles synthétiques » (p. 274).

Autrefois, il était un physicien curieux et talentueux. Peu orthodoxe, il fut invité à rejoindre une île et à jouir librement de ses idées indépendantes et de la science pure. Mais il renonça à cette offre pour embrasser la carrière d'administrateur et « servir le bonheur, [celui] des autres, pas le [sien] » (p. 282).

Jouissant de privilèges dus à son rang, il conserve jalousement dans son bureau des œuvres de la littérature, de la philosophie et des religions. Là encore, il représente le nouveau monde confortable et artificiel, qui n'a pas réussi à abolir l'ancienne civilisation, celle du chaos et de l'individualité.

ANALYSE DES THÉMATIQUES

Dans *Le Meilleur des mondes*, l'enjeu de l'État mondial, par l'entremise de la médicalisation et de la mécanisation généralisée, est de gagner à tout prix la stabilité et d'accroître la consommation. Quant au peuple, il a désormais pour souverain bien le bonheur, celui de répondre à tout désir par la satisfaction immédiate. Dans ce roman, l'individualité n'est plus : l'homme se définit par le conditionnement et la collectivité.

UNE SOCIÉTÉ UTOPIQUE

Le Meilleur des mondes appartient à la forme littéraire et philosophique de l'utopie, qui donne à voir une société idéale que l'on ne trouve « nulle part », selon l'étymologie du mot grec *utopia*. En ces termes, elle est un support à notre imagination pour une vie future. Ce meilleur des mondes dépeint par Huxley offre le rêve de la stabilité sociale et « le bonheur en permanence » (p. 166).

UTOPIE ET DYSTOPIE

Le concept de l'utopie trouve ses origines dans les sociétés gréco-latines avec tout d'abord Homère (poète grec, VIIIe siècle av. J.-C.), Platon (philosophe grec, vers 427 av. J.-C.-348 av. J.-C.) et Aristophane (poète grec, vers 445 av. J.-C.-386 av. J.-C.).

Le terme n'est forgé qu'au XVIe siècle par Thomas More (chancelier d'Angleterre et écrivain anglais, 1478-1535) dans son ouvrage *Utopie* (1516).

Il faut attendre le XXe siècle pour qu'il devienne un courant de réflexion avec le développement de son contraire, la dystopie. Cette contre-utopie, qui donne à voir les conséquences néfastes d'un monde soumis à la perfection et parfaitement contrôlé, est remarquablement représentée par *Le Meilleur des mondes*, « bien plus [réalisable] qu'on ne le croyait autrefois » (p. 7), selon les termes de Nicolas Berdiaev (philosophe russe, 1874-1948) placés en épigraphe de l'ouvrage.

Le caractère très souvent futuriste du monde mis en scène dans la dystopie rapproche ce genre des romans d'anticipation, comme c'est le cas avec le livre de Huxley ou *1984* (1949) de George Orwell (écrivain britannique, 1903-1950).

Mais il s'avère que le rêve est un cauchemar, l'utopie devient dystopie. Dès qu'ils aspirent à l'expression de leur individualité, les personnages sont en effet condamnés à être malheureux. Seuls la réclusion et le suicide offrent une issue à ce monde infernal, où tout un chacun se comporte comme des « bébés en flacon » (p. 190).

Dans cette œuvre d'Aldous Huxley, le monde utopique est totalitaire. L'État mondial est un régime à parti unique gouvernant totalement la société, de l'individu à toutes les institutions. À la différence des dictatures, il se situe entre la démocratie et l'autoritarisme. Comme le précise Mustapha Menier, sa Forderie à la voix charismatique, « il s'agit de siéger, et non pas d'assiéger. On gouverne avec le cerveau et avec les fesses, jamais avec les poings » (p. 77).

Les totalitarismes auxquels fait référence l'auteur découlent d'idéologies politiques, mais aussi scientifiques et industrielles. Ainsi, les personnages ont des noms qui rappellent les grandes figures de l'Histoire moderne : Karl Marx, théoricien de la révolution sociale et communiste ; Claude Bernard (physiologiste français, 1813-1878), père de la médecine expérimentale ; Henry Ford, fondateur de la méthode industrielle du fordisme, etc. Seul John le Sauvage se différencie radicalement de ce monde dit civilisé. Il est l'humaniste, celui qui cherche l'épanouissement en prônant le développement des facultés proprement humaines.

Au VIIe siècle de N.F., les biotechnologies et la psychologie cernent si bien l'homme qu'elles peuvent le conduire à se conformer aux exigences du pouvoir en place. À l'aide de la propagande, l'idéologie à laquelle chacun doit se soumettre est celle du bonheur constant et de la consommation.

Toute personne contestataire ou toute activité, telle que l'approche des arts, des sciences et de la philosophie, est isolée de la société, transférée sur une île ou refusée, essentiellement par la destruction des œuvres. Du contrôle des corps – référence aux biotechnologies – à la mécanisation généralisée – référence au fordisme –, l'être subit, selon le concept de Michel Foucault (philosophe, 1926-1984), un « biopouvoir » (FOUCAULT (Michel), *Surveiller et punir*, Paris, Gallimard, coll. « Tel », 1993).

À cela s'ajoute le conditionnement de la conscience. C'est en cela que Bernard Stiegler (philosophe français, né en 1952) parle d'un « psychopouvoir » (STIEGLER (Bernard), *Économie de l'hypermatériel et psychopouvoir*, Paris, Mille et une nuits, 2010) et des « nouveaux misérables » (STIEGLER (Bernard) et DIDIER-WEILL (Alain), « Les nouveaux misérables. Dialogue avec Bernard Stiegler », in *Érès*, n° 1, 2005), non plus les misérables décrits par Karl Marx et soumis à une misère économique, mais ceux astreints à une misère symbolique où le conditionnement se substitue à l'expérience.

Assujettis à ces formes de pouvoir totalitaire, les individus ne sont pas invités à participer à ce monde, juste à s'adapter. En résultent des troubles psychiques et comportementaux nouveaux, et un mal-être grandissant : la perte du goût de participer à l'existence, et même de la vivre. Ce qu'Aldous Huxley illustre avec les personnages de Bernard Marx, Helmholtz Watson et John le Sauvage.

LA SANTÉ PHYSIQUE ET MORALE

Le Meilleur des mondes est une réponse à la question du bien-être physique et moral de l'humanité. En cela, le dessein de l'État mondial est eugéniste. Par l'ectogenèse, la gestation en laboratoire, on contrôle les naissances et on détermine la qualité de l'être.

Les castes supérieures (les Alphas et les Bêtas) sont ainsi composées d'êtres intelligents et physiquement harmonieux, la caste moyenne (les Gammas) d'êtres ayant pour mission d'assurer des fonctions complexes, et les castes inférieures (les Deltas et les Epsilons) d'êtres simplets et physiquement difformes destinés à exécuter les tâches les plus viles. Par la néoténie, on permet la jeunesse éternelle du corps, tandis que par l'usage de drogues dont le soma, « la fleur du présent » (p. 141), on permet de stabiliser les humeurs.

Cet eugénisme biomédicalisé recherche la déshumanisation afin que l'homme devienne fonctionnel, une « machine » (p. 30). Selon les termes explicites du DIC, les membres de la société fordienne sont des « instruments majeurs de la stabilité sociale » (p. 30), ils sont donc conduits à ne pas être divergents par rapport aux autres personnes de leur caste. Malheureusement, en cette nouvelle ère, il n'est pas encore possible d'utiliser la « bokanovskification » (mot tiré du nom du ministre français du Commerce et de l'Industrie, Maurice Bokanowski [1879-1928], nommé en 1926 et prônant la rationalisation de l'industrie), qui « consiste essentiellement en une série d'arrêts du développement » (p. 28).

Quoi qu'il en soit, l'intérêt va bien dans le sens d'une uniformisation généralisée, qui garantit l'équilibre du monde : « Tous les hommes sont physico-chimiquement égaux » (p. 107), sociale-ment inégaux et, au sein de leur caste, similaires les uns aux autres. Le fordisme a trouvé ses lettres de noblesse en une telle civilisation : la théorie est poussée à son paroxysme et le « prin-cipe de la production en série appliqué enfin à la biologie » (p. 30).

L'individu se doit d'être semblable à son voisin, mais aussi constant toute sa vie envers lui-même. En abolissant les particularités physiques et mentales de la vieillesse, l'individu garde une certaine constance d'être. Dès l'âge adulte, il n'évolue plus et jouit d'une stabilité tant physique que psychique :

> « Au travail, au jeu, à soixante ans, nos forces et nos goûts sont ce qu'ils étaient à dix-sept ans. [...] À présent – voilà le progrès – les vieillards travaillent, les vieillards pratiquent la copulation, les vieillards n'ont pas un instant, pas un loisir, à arracher au plaisir, pas un moment pour s'asseoir et penser, ou si jamais, par quelque hasard malencontreux, une semblable crevasse dans le temps s'ouvrait béante dans la substance solide de leurs distractions, il y a toujours le soma. » (p. 86)

À côté du recours à la biotechnologie et à la pharmacologie, il y a le conditionnement, afin que chacun aime à se comporter de manière orthodoxe et gagne en stabilité sociale. Là « est le secret du bonheur et de la vertu, aimer ce qu'on est obligé de faire » (p. 54).

À cet enjeu s'ajoute celui de conditionner les individus à consommer tant du transport que des articles manufacturés. Pour y arriver, les enfants passent par des salles où ils subissent un apprentissage selon la méthode « pavlovienne » et l'hypnopédie :

> « Jusqu'à ce qu'enfin l'esprit de l'enfant, ce soit ces choses suggérées, et que la somme de ces choses suggérées, ce soit l'esprit de l'enfant. Mais également l'esprit de l'adulte – pour toute sa vie. L'esprit qui juge, et désire, et décide – constitué par ces choses suggérées. » (p. 54)

Ainsi, l'essentiel de la population reste enfantin avec un esprit et un corps connaissant peu l'effort, encore moins la souffrance : « Sept heures et demie d'un travail léger, nullement épuisant, et ensuite la ration de soma, les sports, la copulation sans restriction, et le Cinéma Sentant » (p. 277), ce que Mustapha Menier résume en ces quelques mots : « Chacun de nous [...] traverse la vie à l'intérieur d'un flacon. » (p. 275) Bien sûr, les castes supérieures profitent d'un flacon plus large que les castes inférieures, afin d'éviter l'étouffement. Certains individus sont même invités à se retirer sur les îles, dès lors qu'ils ont pris conscience de leur individualité et ne supportent plus la vie grégaire et imbécile. Le modèle sur lequel repose cette civilisation est celui de « l'iceberg : huit neuvièmes au-dessous de la ligne de flottaison, un neuvième au-dessus » (p. 277).

LE BONHEUR COMME SOUVERAIN BIEN

L'une des idées essentielles de ce livre réside dans le bonheur comme souverain bien, celui vers lequel les habitants du meilleur des mondes courent, sans réellement prendre conscience de ses conséquences. Au VIIᵉ siècle de N.F., le bonheur est ainsi garanti à toutes les sphères de la société :

> « Le monde est stable, à présent. Les gens sont heureux ; ils obtiennent ce qu'ils veulent, et ils ne veulent jamais ce qu'ils ne peuvent obtenir. Ils sont à l'aise ; ils sont en sécurité ; ils ne sont jamais malades ; ils n'ont pas peur de la mort ; ils sont dans une sereine ignorance de la passion et de la vieillesse ; ils ne sont encombrés de nul père ni mère ; ils n'ont pas d'épouses, pas d'enfants, pas d'amants, au sujet desquels ils pourraient éprouver des émotions violentes ; ils sont conditionnés de telle sorte que, pratiquement, ils ne peuvent s'empêcher de se conduire comme ils le doivent. Et si par hasard quelque chose allait de travers, il y a le soma. » (p. 272-273)

Le bonheur se comprend comme une réponse quasi immédiate à tout désir, qui passe par une éternelle consommation suscitée par des aphorismes typiquement fordiens tels que « Ne remettez jamais à demain le plaisir que vous pouvez prendre aujourd'hui » (p. 129) ou encore « Dès que l'individu ressent, la communauté est sur un sol glissant » (*ibid.*).

Face à ce meilleur des mondes apparaît John, ce lecteur féru de l'œuvre de William Shakespeare. Il est la figure philosophique du roman de Huxley et remet en question le bonheur envisagé comme souverain bien. Pour lui, la liberté individuelle est ce à quoi il faut aspirer : « Mais je n'en veux pas du confort. Je veux Dieu, je veux de la poésie, je veux du danger véritable, je veux de la liberté, je veux de la bonté. Je veux du péché. » (p. 296)

Cette remise en question se retrouve aussi chez Bernard Marx et Helmholtz Watson. Appartenant à la caste supérieure, ils ont toutes leurs facultés mentales et physiques, ont un libre accès à leur conscience. Ils désirent jouir de la liberté d'être soi, quitte à être reclus sur une île pour ne pas déconditionner les esprits des castes supérieures, moins conditionnés que ceux des castes inférieures. C'est d'ailleurs ce danger qu'évoque Mustapha Menier :

> « [Ils pourraient] leur faire croire, à la place, que le but est quelque part au-delà, quelque part au-dehors de la sphère humaine présente ; que le but de la vie n'est pas le maintien du bien-être, mais quelque renforcement, quelque raffinement de la conscience, quelque accroissement de savoir… Chose qui, songea l'Administrateur, peut fort bien être vraie, mais est inadmissible dans les circonstances présentes. » (p. 222-223)

Dans la société fordienne, le bonheur coûte cher : « Il faut choisir entre le bonheur et ce qu'on appelait autrefois le grand art. Nous avons sacrifié le grand art. Nous avons à la place les films sentants et l'orgue à parfums. » (p. 273)

À la différence de ce que dépeint l'œuvre de William Shakespeare, à savoir la passion, la tragédie, la grandeur, cette civilisation n'a rien de noble et grand. « Le bonheur n'est jamais grandiose », confirme d'ailleurs l'administrateur (p. 274). La beauté et la vérité ont en effet été remplacées par le confort et la béatitude. Le bonheur doit s'accompagner d'une telle stabilité physique et morale que la singularité n'a plus sa place dans ce meilleur des mondes. L'être est désormais voué à la similarité, ce qui fait de cette société une contre-utopie. Le refus de la diversité conduit à l'effacement de la contestation et de la complexité inhérente à la nature humaine. L'identité de chacun est ici formelle et grégaire.

Aussi, les individus sont invités à éviter toute activité solitaire afin de ne pas avoir l'occasion de s'adonner à l'exercice mental. En même temps, il s'agit de ne côtoyer les autres qu'avec un certain détachement. On fréquente, mais on n'approfondit pas la relation. C'est pourquoi l'enfant est conçu en laboratoire, pour être libéré des parents et du foyer, si bien que le mot « mère » est devenu honteux. En évitant « la famille, la monogamie, le romanesque, [...] le sentiment de l'exclusif » (p. 66), l'État mondial s'assure une stabilité inédite dans l'histoire de l'humanité.

Évidemment, l'identité de ces êtres étant purement fabriquée et construite à l'opposé de la nature, il faut user massivement de drogues telles qu'un succédané ou le soma. En cela, l'identité est artificielle et morale. Une morale qui s'en tient à la nature primaire des êtres, les enjoint à se comporter comme des enfants voulant répondre à l'immédiateté de leur désir, le moins rationnellement possible : « Des adultes, intellectuellement et pendant les heures de travail [...]. Des bébés, en ce qui concerne le sentiment et le désir. » (p. 129)

L'homme vertueux, au sens fordien du terme, doit répondre à une grille réduite de comportements en accord avec les idéaux de la société : l'enfant profite d'une « éducation morale, qui ne doit jamais, en aucune circonstance, être rationnelle » (p. 51). C'est pourquoi l'idolâtrie consumériste et la sexualité comme consommation font partie des principes fondamentaux de ce meilleur des mondes.

STYLE ET ÉCRITURE

« Les mots peuvent ressembler aux rayons X : si l'on s'en sert convenablement, ils transpercent n'importe quoi. On lit, et on est transpercé » (p. 103), affirme John. Comme Aldous Huxley qui use de la littérature pour appuyer ses thèses, le Sauvage exprime, par l'usage de citations tirées de l'œuvre de William Shakespeare, des émotions dont la complexité ne pourrait être exprimée par un langage simple.

UN STYLE AU SERVICE DE LA DESCRIPTION D'UN MONDE RATIONALISÉ

Dès les premières pages, Huxley plante le décor. À l'aide d'un langage courant et d'une écriture sans ambages, l'auteur use d'un vocabulaire donnant à voir un cadre froid, à l'âme clinique :

> « En dépit de l'été qui régnait au-delà des vitres, en dépit de toute la chaleur tropicale de la pièce elle-même, ce n'étaient que de maigres rayons d'une lumière crue et froide qui se déversaient

> par les fenêtres. Les blouses des travailleurs
> étaient blanches, leurs mains, gantées de caout-
> chouc pâle, de teinte cadavérique. La lumière
> était gelée, morte, fantomatique. » (p. 25)

On découvre un monde inerte. S'il persiste un sentiment de vie, ce n'est qu'une réalité purement artificielle, soumise à une vigilance sans faille. Afin de permettre un tel monde, il faut pouvoir en contrôler tous les paramètres ; ce qui est traduit, lors de la visite du Centre d'incubation et de conditionnement, par le recours systématique à des données chiffrées dans l'exposé du directeur. Nous sommes ici dans un monde rationalisé, pensé, décortiqué. L'homme poussant la rationalisation à l'extrême, dominer et imiter la nature ne suffisant plus à ses ambitions, il lui faut « entrer dans le monde beaucoup plus intéressant de l'invention humaine » (p. 37). Tout est donc soumis à une science fonctionnaliste, à une réalité purement construite où l'accident devient marginal.

Le style littéraire de l'auteur appuie sa thèse : l'utopie est dystopie. Cette société focalisée sur la vocation, absolue et irrévocable, à la perfectibilité et au bonheur engendre un monde sans reliefs, régulé, froid, univoque. Aldous Huxley, derrière une intrigue sommaire, nous met ainsi en garde et nous enjoint à nous questionner sur notre quête du meilleur des mondes, au risque de perdre toute expression subjective.

En contraste avec ce décor impersonnel, l'auteur dépeint la complexité psychologique et l'humanité de ses personnages. Même les figures conditionnées révèlent des sentiments complexes, ambivalents par rapport à leurs comportements. Par exemple, le directeur du Centre d'incubation et de conditionnement fait une faute grave, peu orthodoxe par rapport à l'attitude exigée dans le meilleur des mondes : il se confie à Bernard Marx. Il lui avoue qu'il pense encore à une histoire malheureuse qui lui est survenue 20 ans auparavant, lors de sa visite dans la Réserve de Sauvages.

Par ce procédé de mise en contraste de deux réalités, celle d'un monde artificiel et celle d'un monde naturel, Aldous Huxley nous montre où se situe l'homme et nous convie à nous questionner sur notre futur.

UN VOCABULAIRE CHOISI

Aldous Huxley construit son roman dans le pur style de la science-fiction afin de donner matière à réflexion au lecteur. L'histoire met en scène des personnages destinés à illustrer des concepts et des problématiques.

Le vocabulaire renvoie à des événements politiques, scientifiques et philosophiques. Qu'il s'agisse de références explicites ou de néologismes par analogie ou par dérivation lexicale, il permet d'établir des parallèles entre le livre de Huxley et l'histoire socioculturelle contemporaine ou passée.

- **Le communisme** : bien des noms de personnages, comme Bernard Marx, Lenina Crowne, Sarojini Engels, etc., sont créés à partir de personnalités issues du communisme.
- **Le fordisme** : le meilleur des mondes repose sur le modèle en T du Ford. Le T est une référence à un modèle automobile fabriqué en série, qui a fait la fortune de Henry Ford. Il renvoie aussi à la mort du christianisme et aux croix dont on coupe le sommet. Dans la société imaginée par Huxley, Dieu est mort, mais non pas l'idolâtrie

illustrée, entre autres, par les « Cérémonies du jour de Ford, et les Chants en commun, et les Offices de solidarité » (p. 82).

- **La pharmacologie et la biochimie** : la drogue du soma est un produit « euphorique, narcotique, agréablement hallucinant [...] [qui offre] un congé hors de la réalité chaque fois que [l'on] en [a] envie, [...] sans le moindre mal de tête ni la moindre mythologie » (p. 84). Très intéressé par la culture indienne, Aldous Huxley en retire le mot « soma » qui vient du sanskrit et signifie « jus ». Il désigne dans la mythologie védique l'élixir d'immortalité à prendre quotidiennement.
- **Les biotechnologies** : dans le Centre d'incubation et de conditionnement, les « prédestinateurs » choisissent les embryons selon leur génome, les « fécondateurs » placent chaque embryon dans la chaîne d'incubation, les « immatriculateurs » donnent une immatriculation aux embryons. Autant de néologismes scientifiques qui nous plongent dans un univers où la connaissance de la biologie est à son apogée.
- **Le malthusianisme** : les femmes du *Meilleur des mondes* qui ne sont pas stérilisées doivent porter sur elle une ceinture « malthusienne »,

une sorte de cartouchière contenant des contraceptifs. Référence plus qu'évidente à Thomas Malthus (1766-1834), un économiste et démographe britannique connu pour sa théorie prônant la restriction démographique.

- **L'Administration** : le terme « administrateur » utilisé dans le roman révèle un pouvoir gestionnaire. L'homme gouvernant est un technicien ou encore un exécutant responsable de la bonne marche de l'ordre mondial. Dans un système totalitaire et pyramidal, le pouvoir est entre les mains d'un parti unique composé de dix administrateurs mondiaux et des administrateurs régionaux, chacun responsable d'une zone géographique. Au-dessus de tout cela, il y a un conseil suprême qui les nomme et les contrôle.

- **Les arts** : les œuvres de William Shakespeare, anciennes et belles, en sont un exemple récurrent dans le roman. Elles pourraient, par leur densité et leur sensibilité, amener les êtres à s'en nourrir et à ne plus consommer. Cette œuvre représente aussi ce que le meilleur des mondes n'est plus et ce que ses habitants ne peuvent comprendre : la complexité des sentiments, la tragédie inhérente à la nature humaine, l'acte noble, porteur de sens et non d'utilité.

- **Le monde sauvage** : le surnom de John, « le Sauvage », est une référence au mythe du Bon Sauvage. Il représente ce que n'est pas la civilisation fordienne : un être attaché à la vérité, aux superstitions et à la nature.

UNE STRUCTURE QUI ÉVOLUE AU FIL DU RÉCIT

Le livre se subdivise en trois parties. La première partie est l'introduction dans le meilleur des mondes. La deuxième partie est l'histoire du Sauvage face à la civilisation. La troisième partie est le passage de l'utopie à la dystopie.

Première partie

Dans la première partie, l'auteur installe le décor et le contexte, le Centre d'incubation et de conditionnement de Londres-Central. Par ce choix – « commencer au commencement » (p. 27) –, l'auteur présente un monde artificiel dont tous les paramètres ont été pensés et soumis non plus à la Nature, mais à l'Homme. L'ère précédant celle de Ford a été détruite par l'anthrax, seule la communauté des Indiens et des métis, vivant désormais hors de la civilisation, en a gardé des traces.

Le directeur fait visiter le Centre d'incubation et de conditionnement à des étudiants. Il passe de la Salle de Fécondation, à celle de Prédestination sociale, puis à la Salle de Décantation, ensuite aux pouponnières, aux Salles de Conditionnement néo-pavlovien, enfin à des salles de récréation. Huxley choisit donc de faire défiler méthodiquement le décor sous les yeux du lecteur, avec une rigueur qui fait écho à l'organisation et au fonctionnement rigide de la société fordienne.

Ce n'est qu'au troisième chapitre qu'arrivent les personnages de l'intrigue. La structure n'est plus linéaire, mais est découpée en deux récits qui se chevauchent : d'un côté, la visite du centre aux étudiants et l'arrivée de l'administrateur résident d'Europe occidentale ; de l'autre, le quotidien de Lenina. Le second récit exemplifie ce que le directeur cherche à démontrer aux étudiants. Alors que nous avons l'explication, par le directeur, du processus de fabrication des êtres humains, le résultat de cette création est incarné par Lenina.

Le protagoniste, Bernard Marx, s'insère quelques pages plus tard dans ce décor. Son arrivée et sa propension à la contestation introduisent une brèche dans ce meilleur des mondes.

Deuxième partie

La deuxième partie du livre commence à la fin du septième chapitre. La hiérarchie des personnages dans la narration change. John devient le protagoniste, même si Bernard reste un personnage important, ayant pour mission d'étudier, en tant que psychologue, l'approche de la civilisation par le Sauvage.

L'objectif de l'auteur est de mettre le lecteur face à deux réalités : d'un côté, un monde artificiel soumis au bonheur perpétuel ; de l'autre, un monde rude au sein de cultures primitives livrées à la Nature. Dans le but de le conduire à une réflexion sur la civilisation de demain, Aldous Huxley confronte ces deux univers au moyen d'une structure binaire, en immergeant successivement ses personnages dans une société dont le fonctionnement leur est étranger.

Troisième partie

La troisième partie du livre commence au treizième chapitre, point de rupture où l'utopie devient dystopie. John ne croit plus en ce meilleur des mondes qu'il avait idéalisé par rapport à la Réserve de Sauvages et qu'il pensait être l'expression de la noblesse et de la vérité. Huxley procède ainsi à une remise en question du système fordien, en exposant son personnage à une série de désillusions qui se succèdent à un rythme de plus en plus effréné, et ce à divers niveaux.

- L'amour : Lenina ne comprend pas les sentiments que John lui voue ni son désir d'user de l'acte héroïque pour la conquérir. Le Sauvage, quant à lui, est blessé par l'indignité avec laquelle elle souhaite se donner à lui.
- La famille : alors qu'il apprend la fin prochaine de sa mère intoxiquée au soma et qu'il se précipite à son chevet, il découvre à l'hôpital une femme méconnaissable avec qui il ne peut plus communiquer et qui l'a presque oublié, comme si la drogue avait distendu ou effacé leurs liens familiaux.
- La liberté individuelle : indigné par l'asservissement auquel se complaisent les castes in-

férieures, John s'insurge et cherche à soulever la foule des Deltas qui attendent leur soma. Malgré la véhémence de sa colère, il ne fait que se heurter à l'imbécillité passive et bornée du groupe.

Pour le Sauvage, le fonctionnement de cette société va à l'encontre de tous ses principes et la découverte qu'il en fait détruit un à un chacun de ses espoirs. La perte des deux femmes qu'il aime est l'événement qui signe la fin des espérances de John en cette civilisation. Il décide alors de se reclure dans un phare. Mais même là, il ne trouve pas la solitude. Seul le suicide peut le libérer.

LA RÉCEPTION DU *MEILLEUR DES MONDES*

Le livre connaît un grand retentissement à sa publication en 1932. Il est, en 1933, édité en France chez Plon, traduit par Jules Castier. Bien des intellectuels, tels que Joseph Needham (biochimiste britannique, 1900-1995) et le philosophe Bertrand Russel, ont une critique favorable à son égard. Anthony Burgess (écrivain britannique, 1917-1993) en sera largement influencé, considérant qu'avec Aldous Huxley, la littérature se dote d'une approche complexe de l'utopie.

La réflexion portée sur son temps et l'anticipation des lendemains de l'homme font d'Aldous Huxley un auteur considéré et influent pour bien des penseurs : Lewis Mumford (critique et historien américain de la technique et de l'architecture, 1895-1990), Bernard Charbonneau (1910-1996) et Jacques Ellul (1912-1994), penseurs français inscrits dans le mouvement personnaliste (philosophie qui prône la personne humaine comme valeur fondamentale).

Theodor W. Adorno (philosophe et sociologue, 1903-1969) trouve dans le roman de Huxley un appui à sa pensée sur la rationalisation de notre monde : « Désormais les hommes ne sont pas non seulement consommateurs de produits fabriqués en série et fournis par les trusts, mais ils semblent eux-mêmes produits par la toute-puissance de ces trusts et avoir perdu leur individualité. » (ADORNO (Theodor W.), « Aldous Huxley et l'utopie », in *Prismes*, p. 113)

LA RÉCEPTION DU CÔTÉ DE LA LITTÉRATURE

Tadeusz Konwicki (écrivain polonais, 1926-2015) et Michel Houellebecq (écrivain français, né en 1958) sont deux lecteurs attentifs du *Meilleur des mondes*.

Dans *La Petite Apocalypse*, Konwicki dépeint une cité aux accents communistes qui s'avère être un enfer. Dans *Les Particules élémentaires*, un roman de Houellebecq, nous retrouvons une contre-utopie qui s'achève, là encore, par le désespoir et le suicide. Il s'agit d'un monde où l'approche libertaire des années 1970 a permis toute satisfaction sexuelle et engendré, finalement, la difficulté de trouver l'amour véritable. S'y trouvent de nombreuses références au *Meilleur des mondes*, dont les bacs de congélation des embryons, dans le chapitre intitulé « Julian et Aldous ».

Suite à la sortie du *Meilleur des mondes*, le genre de la dystopie se développe également à travers des fictions comme *1984* de George Orwell, publié en 1949, ou *Un Bonheur insoutenable*, d'Ira Levin (écrivain américain, 1929-2007), édité en 1970.

LA RÉCEPTION DU CÔTÉ DU CINÉMA

Dès les années 1980, le livre est adapté pour la télévision par Burt Brinckerhoff (producteur et réalisateur américain, né en 1936) en 1980, puis par Leslie Libman (productrice et réalisatrice américaine) et Larry Williams (producteur et ré-alisateur américain) en 1998. Le format filmique, imparfait par rapport à la forme textuelle, ne peut pas être fidèle. Il manque de la matière pour exprimer ce meilleur des mondes.

Précisément, l'adaptation de 1998 est avant tout une production divertissante, bien trop édulcorée. Bernard Marx n'a pas le physique d'un homme de caste inférieure, bien au contraire. L'histoire d'amour prédomine, la fin est sous forme de *happy end* : Lenina et Bernard font le choix de vivre leur amour hors de la civilisation et d'élever leur enfant. En cela, le film ne laisse aucune place au caractère dystopique qui permet au lecteur ou au spectateur de réfléchir à la société dans laquelle il vit.

À ce jour, *Le Meilleur des mondes* n'a pas son adaptation cinématographique, mais nous trouvons parmi les films de science-fiction un long-métrage qui brasse les mêmes thématiques : *Bienvenue à Gattaca*, réalisé en 1997 par Andrew Niccol (producteur et réalisateur néo-zélandais, né en 1964). Bien que cette réalisation soit à nouveau trop attachée à l'intrigue amoureuse et à une esthétique plaisante, elle a l'intérêt de donner suite à la pensée eugéniste, à la perfectibilité de l'espèce humaine.

Si dans *Le Meilleur des mondes*, il s'agit d'un eugénisme d'État, ce long-métrage met en scène un eugénisme privé. Les parents ont intérêt à prédéfinir leur enfant en choisissant son génotype. Sans cela, l'enfant devenu adulte ne pourra trouver un travail digne dans une société où l'on recrute par un test ADN. Comme pour le chef-d'œuvre d'Aldous Huxley, une question prédomine : dans la course à la perfectibilité de notre espèce, sommes-nous prêts à vivre dans un monde soumis à la technologie et à un contrôle total ?

AU-DELÀ DES MOUVEMENTS ARTISTIQUES

Le Meilleur des mondes ne s'achève pas en 1932. Aldous Huxley écrit, 26 ans plus tard, le *Retour au meilleur des mondes*, essai qui répond aux présuppositions que l'auteur avait faites dans son roman. Après la Seconde Guerre mondiale (1939-1945), il conclut que la société futuriste du *Meilleur des mondes* est en train de se réaliser, à cause essentiellement de la surpopulation, de la montée du totalitarisme et des différents moyens de contrôle sur les populations.

Il garde toute sa vie ce regard lucide sur l'avenir de la société humaine, mais y ajoute une possibilité de déjouer ce mal par l'humanisme, qui se retrouve dans son livre testament : *Île* est en effet le dernier volet de cette trilogie qui donne une issue au *Meilleur des mondes*. Sur l'île, la société utopique est issue de la rencontre entre les traditions occidentales telles que les sciences, les drogues, les libertés individuelles ; et les traditions orientales telles que la méditation, l'hindouisme ou encore le bouddhisme. Ce roman testamentaire est devenu l'une des références du mouvement New Age (courant spirituel né en 1970 aux États-Unis, se basant sur l'ésotérisme et la synthèse de nombreuses religions et croyances, et selon lequel le monde entre dans un « nouvel âge »).

Votre avis nous intéresse !
Laissez un commentaire sur le site de votre librairie en ligne
et partagez vos coups de cœur sur les réseaux sociaux !

BIBLIOGRAPHIE

SOURCES BIBLIOGRAPHIQUES

- ADORNO (Theodor W.), « Aldous Huxley et l'utopie », in *Prismes*, Paris, Payot, 2010.

- « Aldous Huxley », in *global.britannica.com*, consulté le 25 février 2017. https://global.britannica.com/biography/Aldous-Huxley

- CROQUETTE (Bernard), « Le Bon Sauvage », in *universalis.fr*, consulté le 27 février 2017. https://www.universalis.fr/encyclopedie/le-bon-sauvage/

- FOUCAULT (Michel), *Surveiller et punir*, Paris, Gallimard, coll. « Tel », 1993.

- FREUD (Sigmund), *Le Malaise dans la culture*, Paris, PUF, 2004.

- FREUD (Sigmund), *Psychologie des masses et analyse du Moi*, Paris, PUF, 2010.

- GRIEVE (Ann Daphné), « Aldous Huxley », in *universalis.fr*, consulté le 25 février 2017. http://www.universalis.fr/encyclopedie/aldous-huxley/

- HUXLEY (Aldous), *Île*, Paris, Pocket, 2010.

- HUXLEY (Aldous), *Le Meilleur des mondes*, Paris, Pocket, 2013.

- HUXLEY (Aldous), *Retour au meilleur des mondes*, Paris, Pocket, 2016.

- LE BON (Gustave), *Psychologie des foules*, Paris, PUF, 2013.

- LIPPMANN (Walter), *Public Opinion*, Paris, Broché, 1997.

- PICHOT (André) et TESTART (Jacques), « Eugénisme », in *universalis.fr*, consulté le 5 mars 2017. http://www.universalis.fr/encyclopedie/eugenisme/

- POLANYI (Karl), *La Grande Transformation*, Paris, Gallimard, 1990.

- RICHELLE (Marc), « Conditionnement », in *universalis.fr*, consulté le 5 mars 2017. http://www.universalis.fr/encyclopedie/conditionnement/3-applications/

- STIEGLER (Bernard), *Économie de l'hypermatériel et psychopouvoir*, Paris, Mille et une nuits, 2010.

- STIEGLER (Bernard) et DIDIER-WEILL (Alain), « Les nouveaux misérables. Dialogue avec Bernard Stiegler », in *Érès*, n° 1, 2005.

- TODOROVITCH (Françoise), *Aldous Huxley. Le Cours invisible d'une œuvre*, Paris, Éditions Salvator, 2013.

- THODY (Philip), *Aldous Huxley. A Biographical Introduction*, London, Studio Vista, 1973.

SOURCES COMPLÉMENTAIRES

- ATLAN (Henri), *L'Utérus artificiel*, Paris, Points, 2007.

- BLOCH (Ernst), *Le Principe Espérance*, t. II, Paris, Gallimard, 1982.

- BRADBURY (Ray), *Fahrenheit 451*, Paris, Gallimard, coll. « Folio », 2000.

- DEBRU (Claude), *Le Possible et les Biotechnologies*, Paris, PUF, 2003.

- GÉRARD (Albert), *À la rencontre de Aldous Huxley*, Liège, La Sixaine, 1947.

- HOUELLEBECQ (Michel), *Les Particules élémentaires*, Paris, J'ai lu, 2000.

- HOUGRON (Alexandre), *Science-fiction et Société*, Paris, PUF, 2000.

- KONWICKI (Tadeusz), *La Petite Apocalypse*, Paris, Robert Laffont, 1981.

- LEVIN (Ira), *Un Bonheur insoutenable*, Paris, J'ai lu, 2003.

- ORWELL (George), *1984*, Paris, Gallimard, coll. « Folio », 1972.

- « Une vie, une œuvre – Aldous Huxley : 1894-1963 », in *franceculture.fr*, consulté le 4 mars 2015. https://www.france-culture.fr/emissions/la-nuit-revee-de/une-vie-une-oeuvre-aldous-huxley-1894-1963

- WALLACE (Mike), « Interview : Aldous Huxley », Ann Arbor, University Microfilms, 1958.

ADAPTATIONS

- *Le Meilleur des mondes*, téléfilm de Burt Brinckerhoff, avec Julie Cobb, Bud Cort et Keir Dullea, États-Unis, 1980.

- *Le Meilleur des mondes*, téléfilm de Leslie Libman et Larry Williams, avec Peter Gallagher, Leonard Nimoy et Tim Guinee, États-Unis, 1998.

SOURCES ICONOGRAPHIQUES

- *Portrait d'Aldous Huxley*, de John Collier, 1927. La photo reproduite est réputée libre de droits.

L'éditeur veille à la fiabilité des informations publiées, lesquelles ne pourraient toutefois engager sa responsabilité.

Éditeur responsable : Lemaitre Publishing
Avenue de la Couronne 159 | BE-1050 Bruxelles
info@lemaitre-editions.com

ISBN ebook : 978-2-8062-6871-6
ISBN papier : 978-2-8062-6872-3
Dépôt légal : D/2017/12603/898
Couverture : © Lisiane Detaille.

Conception numérique : Primento,
le partenaire numérique des éditeurs.